RotWeißRot

Die Deutsche Bibliothek - CIP-Einheitsaufnahme

Rotweissrot / Gabriel Barylli. Mit 40 Farbphotos von
Gerald Grosse. - Wien : Brandstätter, 1995
ISBN 3-85447-610-8
NE: Barylli, Gabriel; Grosse, Gerald

1. Auflage 1995
Der Entwurf des Schutzumschlags stammt von Jörg Eigenmann,
die graphische Gestaltung und Satzerstellung von Alexander Rendi.
Die technische Betreuung besorgte Franz Hanns, das Lektorat
Brigitte Stammler. Die Reproduktionen erfolgten bei Grafo, Wien,
Druck und Bindung bei Ueberreuter, Korneuburg. Gesetzt wurde
aus der Walbaum, 9 auf 13,5 Punkt.

ISBN 3-85447-610-8
Christian Brandstätter Verlagsgesellschaft m. b. H.
A-1080 Wien, Wickenburggasse 26, Telephon (++43-1) 408 38 14

RotWeißRot

ÖSTERREICHS FARBENPRACHT

TEXT VON
GABRIEL BARYLLI
PHOTOGRAPHIEN VON
GERALD GROSSE

Mit 40 Abbildungen in Farbe

*Bildlegenden nach
„Geschichte des
Österreichischen Kaiserstaates
nach Quellen und den besten
vaterländischen Hilfswerken.
Zunächst zum Gebrauche bei
seinen Vorlesungen dargestellt
von Leopold Haßler
Doktor der Philosophie,
ord. Professor der Geschichte
an der Universität zu Grätz"
Wien, 1842*

VERLAG CHRISTIAN BRANDSTÄTTER

O du mein

Wie sehr man Österreich liebt, merkt man auf fremden Flughäfen.
Es gibt eine Aura der Heimat, die einem bis zur Bordkarte folgt, die einen einholt und umhüllt, wie der Duft von frischem Brot, wie der Geschmack von klarem Wasser ...
Nein, das ist keine Sentimentalität. Das ist jener Zauber, der selbst dem Fremden dieses Österreich zur Heimat auf Zeit werden läßt.
Wieso ist das so? Was gibt es an Schwingungen, an Ahnungen in diesem Österreich, die unser Land zum Anziehungspunkt werden lassen, der Zärtlichkeit, Ruhe, Schönheit verspricht?!
Für den Astrologen ist die Antwort klar: Österreich ist ein Waage-Land, und die Waage ist das Zeichen für Schönheit und Harmonie schlechthin. So einfach ist das. Wir sind ein Waage-Volk in einem Waage-Land und ziehen deshalb alle Menschen aus Stier-, Steinbock-, Fisch- und Skorpionländern so magisch an wie der Honig die Fliegen.
Ist es so einfach?! Ja – und nein. Nein, weil diese Erklärung wieder nur eine Ahnung befriedigt, weil sie in sich schon wieder eine *österreichische* Erklärung ist, eine vage, schwer zu widerlegende *Behauptung* von Schönheit und Harmonie und all dem Unbestimmten, das man nicht dingfest machen kann, wenn man Nägel mit Köpfen machen will ...
„Nägel mit Köpfen?!" Ein Ausdruck des großen Nachbarn, der eine ähnliche Sprache spricht wie wir – und gleichzeitig eine Metapher, die dem Österreicher die Gänsehaut über den Rücken laufen läßt. Alles, alles will die österreichische Seele, nur keine Nägel mit Köpfen. Das würde ja bedeuten, daß man verpflichtet wäre, diesen Nagel in ein Stück Holz zu treiben, Gewalt

Österreich

anzuwenden, eindeutig zu sein ... Nein, da weicht es aus im österreichischen Herzen, da legt es sich zur Seite, wird geschmeidig und verweigert sich dem Begreifenwollen ...
Wie aber halten in Österreich Holzstücke zusammen, wenn man keine Nägel ...? Anders, lautet die Antwort, anders. Man soll diese Frage nicht wissenschaftlich-akribisch beantwortet haben wollen. Man kann nur sagen: Die Dinge halten bei uns anders zusammen als anderswo, aber sie halten.
Auf telepathische Weise, zum Beispiel, auf sympathische Weise, auf charmante Weise ... Da ist es, da ist das Wort, das früher oder später fallen muß, wenn man von Österreich träumt auf einem fernen Großflughafen, der 10.432 Passagiere pro Minute abfertigt und alle 10.432 mit dem Gefühl der Trostlosigkeit an Bord gehen läßt, weil es nirgendwo auf der Welt das gibt, was in Österreich schon am Flughafen zu spüren ist: Charme ...
Ja, natürlich, anderswo gibt es Esprit, Power, Savoir vivre, Good vibrations und so weiter ... aber Charme?! Diesen Charme, der in der Anmut liegt, mit der eine österreichische Stewardess den Kaffee reicht, diesen Charme, den ein Taxifahrer an einem Hochsommertag ausstrahlt, wenn er mürrisch die Klimaanlage in seinem Wagen hochfährt, sobald man als Gast in seinem Auto das Fenster öffnet, diesen Charme, der einen vergessen läßt, daß man wissen wollte, was denn nun ein Waage-Land von einem Löwe-Land unterscheidet.
Das Feinstoffliche ist es also, das Österreich und seine Einwohner ausmacht, auszeichnet, umhüllt geradezu, und dessen warme, sonnenfarbige Strahlen mit einem Kirlianfotoapparat aufzuzeichnen wären, hätte man nur ein solches Gerät, groß genug, es über ganz Österreich zu stülpen!

Das Neujahrskonzert der Wiener Philharmoniker ...
Seit einer Stunde schon muß ich daran denken. Seit der Stunde, da ich Erklärungen suche für den Zauber meiner Heimat, die mir an so vielen „Check-in"-Schaltern in Düsseldorf und anderswo wie das ferne Land Oz erschienen ist.
Das Neujahrskonzert der Wiener Philharmoniker wird mittlerweile von einer Milliarde Menschen pro Jahr gesehen. Eine Milliarde Menschen schwingen in derselben Stunde im Dreivierteltakt und müssen weinen, wenn die ersten Takte des Donauwalzers erklingen und der Dirigent daraufhin die Musiker unterbricht, den Applaus des Publikums abwartend, das dieses Ritual kennt, liebt und jedes Jahr mitmacht. Das Nicht-gleich-Weiterspielen ist es, das diesen österreichischen Moment ausmacht, das Aufhören am Beginn, das Dann-doch-Weitermachen, das Risiko, daß alles schiefgeht. Der wundervolle Klang ist ja eine Selbstverständlichkeit, über die überhaupt nicht gesprochen werden muß.
Das Unaufdringliche im Können, die höchste, wahre Kunst ist eine Gewißheit, die man mitgeliefert bekommt beim Versinken in der österreichischsten aller Künste: dem Walzer.
Ein organisierter Taumel ist dieser Tanz, also schon wieder ein Phänomen der Gegensätzlichkeit, das in seiner geformten Formlosigkeit sich entzieht, wie eine schöne Geliebte, die durch ihre Flucht provoziert, daß man ihr folgen will, folgen muß. Kein Tanz der Welt dient so sehr dem absichtlich herbeigeführten Gefühl des Schwindels, kein Cha-Cha-Cha, kein Tango, kein Foxtrott hat diese anarchistische Form, hat – diesen Charme.
Diesen Charme, der den Zuseher wie den Tänzer wie den Musiker verführt, sich hinzugeben. *Verführt* – nicht zwingt, nicht treibt ... Dieses Land ist so begehrt bei seinen Besuchern, weil es sich einschleicht in das Herz, weil es nicht polternd erobert oder überwältigt. Nein, sein Reiz ist wie Fliederduft, der im letzten Abendlicht aus einem alten Park herüberweht und Ahnungen hervorruft von einer anderen Welt. Einer Welt, die unsere

Hoffnung am Leben erhält, daß es noch andere Werte geben könnte als Effizienz, Prägnanz, Kapazitätssteigerung. (Allein der Klang dieser Worte macht deutlich, womit ein Walzer nichts zu tun haben möchte ...)
Natürlich ist dies alles ein Klischee; aber es gibt nichts Genaueres, Treffenderes, Stimmigeres als das Klischee. Der Franzose liebt Käse und Rotwein, der Amerikaner kaut Kaugummi und haßt Zigaretten, und der Österreicher himmelt seine Geigen an. Man muß es akzeptieren und sich nicht gegen das sperren, wofür die Welt uns liebt. Kein Mensch reist nach Salzburg wegen der neuesten Mikrochips aus Anif, aber alle Welt will wissen, wie hoch die weißen Pferde in der Wiener Reitschule, die man „Spanische" nennt, springen ...

Da steht man also auf diesem fremden Flughafen im Nirgendwo und reicht der österreichischen Stewardess sein Ticket, und plötzlich singen sie nebenan Kärntner Heimatlieder ... Ich habe es erlebt: Weit, ganz weit war ich in der Fremde, und neben dem Gate Nummer 9 standen zwölf bis vierzehn Kärntner und haben ihre alten Lieder gesungen, leise summend zuerst, dann lauter und mutiger, zwei- und dreistimmig, in einem Kreis stehend, die Gesichter zueinander gewendet, um die Charmelosigkeit dieses fremden Flughafens nicht spüren zu müssen. Natürlich waren im Handumdrehen einige Japaner zur Stelle, die dem Klischee ihres Landes treu blieben, Videokameras in Aktion setzten und Kassettenrecorder vor sich hinhielten, um das seltsame Ritual dieser Menschengruppe aufzunehmen, der es gelungen war, inmitten all der Hektik eines Großflughafens ihre Heimat auferstehen zu lassen.
Sentimentalität? Ja, ja, ja – dreimal ja. Sentimentalität ist es, die mich überkommt, wenn ich an dieses Bild denke, und diese Sentimentalität ist es, die ich mir wünschen würde an hunderttausend Plätzen dieser Welt, in denen außer den Rolltreppen nichts funktioniert. Deswegen kommen sie ja zu uns, die Mühseligen und Beladenen, um sich wenigstens für die Zeit ihrer Pauschalgruppen-

reise von der Kälte und Unsentimentalität ihrer Effizienz erholen zu können, einmal Klängen nachzuforschen, die sie mit ihrer Jugend verbinden, ohne genau zu wissen, wieso.

Schönheit, Eleganz, Übermut, Verspieltheit: Das sind die Begriffe, die sie suchen, wenn sie an einem Salzkammergutsee sitzen oder in eine Gondel des Riesenrads steigen. Freiheit, Seligkeit, Dummheit und Verliebtheit: Das ist es, was sie sich erhoffen, wenn sie bei irgendeinem Weinberg irgendeinen kühlen Weißwein trinken, dessen Name sie in einem Hans-Moser-Film gehört haben und der für sie einen Klang hat wie das neunhundertdreiundneunzigste Märchen aus Tausend und einer Nacht.

Hans Moser. Natürlich muß dieser Name fallen. Wenn nicht gleich am Anfang einer österreichverliebten Betrachtung, so doch zumindest später. Hans Moser, Leitbild, Archetyp, genetisches Urmaterial des österreichischen Schauspielers – wobei jeder Österreicher ein Schauspieler ist und auch noch weise... Wie das? Ganz einfach: Spätestens nach dem Erkenntnissatz von Arthur Schnitzler „Wir spielen alle – wer es weiß, ist klug" ist jedem Österreicher bekannt, daß er klug ist. Und das zu wissen und dabei nicht im Spielen nachzulassen, bezeichne ich als höchste Weisheit ...

Hans Moser, welch ein Genie der Menschendarstellung! Zwei Dinge, die einander normalerweise ausschließen: Star und Menschendarsteller. Man ist als Schauspieler meist nur das eine oder das andere. Ein Star wird durch den Glanz seiner Ausstrahlung oft daran gehindert, Vielschichtigkeiten der Seele zu offenbaren, widersprüchlich, verletzbar zu sein. Der Menschendarsteller wiederum wird durch solche Eigenschaften zumeist daran gehindert, ungebrochen jene Kraft zu vermitteln, die ein Star ausstrahlt und die vor allem das Publikum dazu bewegt, ihn zum Star werden zu lassen.

Nicht so bei Hans Moser, der ja am Anfang seiner Karriere nicht wußte, wer er eigentlich war, welche Botschaft des Österreichischen er in sich trug. In den ersten seiner Filme sieht man einen textgenauen, peniblen, überforderten Darsteller, der offensichtlich versucht, dem Regisseur, der Rolle, dem Text, dem Kameramann oder seinem Partner gerecht zu werden – und dadurch jämmerlich scheitert. Geradezu peinlich ist es, mitansehen zu müssen, wie akkurat er sich von Zeile zu Zeile tastet, immer von der Sorge beseelt, perfekt zu wirken.

Und dann, plötzlich, mit einemmal, gibt es den ersten Film, in dem er all das hinter sich läßt und sein eigenes Herzzentrum gefunden hat. Scheinbar nervös, schusselig und unkonzentriert, textungenau und Abmachungen ignorierend, taumelt er förmlich durch den Film und hat damit wie fast keiner vor oder nach ihm nicht nur das Wesen der Schauspielerei erfaßt, sondern sich selbst auch noch zum Sinnbild der österreichischen Seele gespielt. John Wayne *ist* der Wilde Westen, Yves Montand *ist* Paris, und Hans Moser *ist* Österreich, ist dazu noch die ehemalige österreichisch-ungarische Monarchie, in der die Sonne der Vielschichtigkeit niemals untergegangen ist.

Ich sage bewußt, er war wie „fast" kein anderer, weil es noch einen zweiten Fixstern gegeben hat, der das österreichische Wesen widerspiegelte, und das war Oskar Werner. Wenn Hans Moser das dionysische Prinzip verkörperte, dann war Oskar Werner mit Sicherheit der apollinische Part – voller Schönheit, Eleganz, Wehmut, Romantik und von so edlem Anspruch erfüllt, daß er an diesem seinem Anspruch zugrunde gehen, zur Droge aller Empfindsamen greifen und den Alkohol einladen mußte, sein Herz zu zerbrechen, das diese Welt nicht mehr ertragen mochte. Seine Worte in seinem letzten, verstörenden Interview galten dann natürlich auch der Geistesbruderschaft zur österreichischsten aller jemals geborenen Seelen: Mozart.

Moser, Werner, Mozart: Was ist es, das diese drei Männer verbindet, welches Wort ist es, das das Schaffen dieser drei österreichischen Genies beschreibt?

Das Wort heißt „Leichtigkeit".

Leicht sein, oder wenn schon nicht immer leicht sein *können*, dann doch zumindest leicht *wirken* und dadurch dem Publikum das Leben erleichtern: Das war das Ergebnis der Lebenswege dieser drei Genies – ein Schwebezustand, der einen vergessen läßt, daß wir auf einem materiellen Planeten leben, daß uns Schicksalsschläge immer schwerer und schwerer werden lassen, immer mehr zu Boden drücken, je länger wir der Intoleranz, der Ignoranz, der Bosheit, der Dummheit, der Infamie ausgeliefert sind. Diesen Sandsäcken der Realität zu trotzen: das haben uns unter anderen diese drei Männer gelehrt, deren Botschaft durch die Zeiten herüberweht wie der Laut einer jubelnden Violine, die aus einem offenen Fenster ihre Melodie in den Abendhimmel entläßt.
Leichtigkeit ist es, was wir von diesen Künstlern geschenkt bekommen haben. Leichtigkeit, die uns atmen läßt, träumen läßt, tanzen läßt, und die in so krassem Gegensatz steht zu dem, was sich augenblicklich „Zeitgeist" nennt: das Schwere, das Finstere, das Erdrückende, das Mutraubende, das sich heute in den Vordergrund schiebt und wichtig gebärdet, der Ungeist, der seinen Siegeszug angetreten hat. Aber diese Schwere, die mit dem Lächeln der Weisheit, das alle Philosophen aller Jahrtausende als letztes, höchstes Ziel erkannt haben, nicht das geringste zu tun hat, diese Schwere hat Österreich noch nicht völlig durchdrungen. Deshalb saugt dieses wundersame Land jeden Tag Zehntausende von geplagten Weltbürgern an – weil sie endlich einmal in einen Bereich gelangen wollen, wo die Gesetze der Schwerkraft nicht gelten. Sie drängen in den magischen Bereich, in dem sich die Wirkungen der „Realität" umkehren und wo die Last von ihren Schultern fällt, wenn sie nur einfach dieses Land durchwandern.
Natürlich muß man den Stephansdom gesehen haben, und den Wörthersee und die Katakomben und die Festung Hohensalzburg, natürlich – aber, ganz unter uns gesagt: Es ist überhaupt nicht nötig. Es ist nur ein Alibi, das sich der Reisende selbst am Abend beim Blick

in den Hotelspiegel geben kann – weil man doch nachweisen muß, daß man an den kulturellen Eckpunkten des Gastlandes nicht achtlos vorbeigeschlendert ist ... Aber, noch einmal: In Wirklichkeit ist es nicht nötig. In Wirklichkeit genügt es völlig, nur spazieren zu gehen in diesem Österreich. Einfach spazieren gehen, ohne Absicht und ohne Terminkalender, das ist das wahre Geheimnis der Erleichterung, das in diesem Land verborgen ist.

Ja, aber die Ringstraßenbauten und das „Goldene Dachl"! höre ich einige Kulturbeflissene sich ereifern. Es ist nicht nötig, halte ich ihnen entgegen, und ich weiß, wovon ich spreche ... Das Ausruhen von der Präzision ist es, das der Reisende in Wirklichkeit sucht, das süße Vergessen seiner eigenen Dynamik, die ihn zu Hause dazu treibt, zu funktionieren wie ein Fließbandroboter. Das Gefühl, alles hinter sich zu lassen: Das ist es, wonach sich der Besucher sehnt.

In wissenschaftlichen Versuchen hat man nachgewiesen, daß sich mehrere unterschiedlich gestimmte Instrumente nach und nach auf einen Ton einstimmen, wenn man sie in einem geschlossenen Raum spielt. Das heißt also, es gibt ein Grundgesetz im Universum, das die Dinge, die Instrumente, die Gegenstände, alles, was existiert – folglich auch die Menschen –, aufeinander einstimmt, bis sie endlich „unisono" klingen. Und die Auswirkungen dieses Resonanzgesetzes sind es, die den Nichtösterreicher treiben, nach Österreich zu kommen, eine unbewußte Ahnung, daß dort die Heimat ihrer tiefsten Sehnsucht auf sie wartet.

Ruhig werden, heiter werden, fröhlich, entspannt, gutmütig: Das alles, spürt der überanstrengte Fremde, das alles wartet auf ihn, wenn er die Grenze überschreitet und die Bodenmarkierungen plötzlich gelb werden. Gelb wie satte Sonnenblumen, gelb wie reife Marillen in der Wachau, gelb wie das Eidotter eines Freilandhuhns im Salzkammergut, gelb wie die letzten abendlichen Sonnenstrahlen über dem Neusiedlersee ... Nein, es ist kein Zufall – es gibt ja überhaupt keinen Zufall, wie wir

wissen –, daß die Bodenmarkierungen auf österreichischen Autobahnen noch nicht EU-weiß sind und noch eine Zeitlang gelb bleiben werden. Es ist immer die Summe von Eindrücken, die ein Ganzes ausmachen, wie die vielen Stimmen einer Partitur, die nur durch den Zusammenklang zur Harmonie werden. Holographisch muß man dieses Gelb auf dem Beton der Autobahn sehen; holographisch wie ein Detail, das den Wissenden darüber informiert, daß er in ein Zauberland geführt wurde, in dem der Spruch geboren sein könnte:
„Folge dem gelben Steinweg..."
Natürlich könnte man meinen, all das führe zu weit. Aber ich behaupte, daß alles Denkmögliche zugleich eine Realität in diesem Universum ist, auch wenn es sich im unwägbaren Bereich der Phantasie abspielt. Das aber ist der Platz, auf dem die Blumen blühen, deren Duft uns die Lebenskraft gibt, um den Irrsinn und die Kälte unserer Zeit zu ertragen. Die Alltäglichkeit schwingt in diesem Land Österreich auf eine andere Weise als anderswo auf diesem Planeten.
Am besten beschreibt man diesen Zustand des Andersseins mit dem Begriff des unscharfen Blicks, der Farben und Formen verschmelzen läßt, bis sie zu einer Einheit werden, die eine andere Resonanz hervorruft, als es das gestochen scharfe Einzelbild vermöchte. Dieses Einzelbild interessiert beim Österreicher weniger als die Impression. Taucht man aus der bunten Vielfalt des unscharfen Blicks in die Besonderheit des österreichischen Individuums, nimmt also eine Person Gestalt an, zum Beispiel ein Würstelverkäufer, kann es schon vorkommen, daß sich der Gast mit Grausen wenden möchte. Im persönlichen Einzelbild fratzen ihm ebenso – wenn nicht fast noch mehr als anderswo auf der Welt – Bosheit, Hinterlist, Feigheit, Skrupellosigkeit, Zynismus und dumme Arroganz entgegen. Seltsamerweise aber verwischen sich diese peinlichen Eigenschaften mit einem gewissen Abstand, aus dem man andere Individuen gemeinsam mit dem Würstelverkäufer ins Auge faßt. Es ist wie ein alchimistischer Prozeß, der so abläuft, daß –

je mehr Einzelschicksale man zusammenmischt – eine desto größere Allgemeinfreundlichkeit entsteht, welche die Legende vom goldenen österreichischen Herzen zur Realität werden läßt. Wie Monets „Seerosen“, die wir nur aus einer gewissen Distanz als solche erfassen, blüht der österreichische Zauber nur in der Verwischung, im Gegenteil der genauen, gründlichen, sezierenden Überprüfung.

Auch hier offenbart sich also das Geheimnis, das sich in dem Wort „Ungenauigkeit“ zusammenfassen läßt, Ungenauigkeit, die in manchen, seltenen Momenten den Schlüssel zur Genialität liefert. Diese Möglichkeit zur Genialität, die aus der „Schlamperei“ entsteht, ist es ja auch, die nichtösterreichischen Betrachtern das österreichische Wesen so unheimlich erscheinen läßt.

Herbert von Karajan hat einmal auf die Frage, ob er den Unterschied zwischen den Berliner und Wiener Philharmonikern beschreiben könne, gesagt: „Die Berliner geben mir immer präzise 87 Prozent. Die Wiener geben mir sehr oft nur 60 Prozent – aber manchmal geben sie mir 100 Prozent.“

Lässigkeit ist es, die dahintersteckt – Gelassenheit, ein Lassen, Loslassen, ein Nicht-festhalten-Wollen von Zuständen in einem Universum, in dem alles mit allem in Bewegung verwoben ist und sich in dieser Bewegung ständig verändert. In Österreich begegnet man dem „Tao“ des europäischen Wesens, dem Erkennen des „Wu-Wei“, was, frei übersetzt, ungefähr heißt: „Alles Tun kann durch Nichtstun getan werden.“ Am Fluß sitzen und warten, bis die Leichen der Feinde vorbeitreiben, ist eine dieser Interpretationen. Aber wie auch immer, ob als Kriegsweisheit oder als Friedenslösung: Die Gelassenheit ist es, die den Fiakerkutscher seine Pferde ihren Weg von selbst suchen, die den Ersten Geiger der Philharmoniker lächelnd den Donauwalzer wie zum erstenmal musizieren läßt. Die Gelassenheit ist es, die den Bäckergesellen den Teig für die Handsemmeln so kneten läßt, daß sie mit keinem Gebäck der Welt zu vergleichen sind. Das Erhabene und das Profane zu verbinden in Schönheit, das Angenehme und Vergängliche zum Lebensinhalt zu formen, die Bereitschaft zum Genuß in den Dienst der alles umfassenden Leistungswelt stellen zu wollen: Das alles spricht aus dem Bild, das sich der Österreicher selbst zu geben bereit ist. Eine klare, eindeutige Hinwendung zum Wichtigsten im Leben, nämlich zur Lebendigkeit: Das ist es, was man diesem Volk als kollektive unbewußte Absicht unterstellen darf; damit aber auch eine ungeahnte Fähigkeit, Wunden zu heilen, die der Existenzkampf den anderen schlägt.

Das alles natürlich ohne bewußtes Dazutun. Aus den Tiefen des Unbewußten steigen diese warmen, heilenden Kräfte empor und umfangen den Touristen in Form von Tanz, Musik und kulturellem Überangebot. Berggasse 19 ist nicht nur Freuds Wirkungsstätte gewesen, sondern kollektiver Brennpunkt eines Volkes, dessen Nationalmannschaft fast jedes wichtige internationale Fußballmatch verliert ... einfach, weil die Gruppenseele dieser elf Männer auf dem Rasen niemanden durch einen Sieg demütigen will. Die letzte Konsequenz, einem angeschlagenen Gegner den finalen Stoß zu geben, widerstrebt dem österreichischen Mittelstürmer. Zutiefst fühlt er, daß Siegen niemals so viel Erkenntnis bringen wird, wie eine Niederlage mit Würde zu tragen. Niemandem Unrecht tun, niemanden verletzen wollen, das Spiel, ob nun mit oder ohne Ball, niemals zum Ernst werden lassen, der Gräben aufbricht und Fronten zementiert: Übelwollende bezeichnen das als „konfliktscheu“. Konfliktscheu und harmoniesüchtig sei der Österreicher, heißt es manchmal in den Ländern, deren Einwohner nichts lieber tun, als in ihrer Freizeit ihr konkurrenzorientiertes Land zu verlassen, um bei den harmoniesüchtigen Österreichern zu verweilen. Ist es so sehr von Übel, die Harmonie zu ersehnen in einer Welt, deren Ellbogen immer spitzer werden und deren Triebfeder ausschließlich die Verdrängung des Nächsten ist? Ist es so verwerflich, die Klarheit dieses Sieben-Millionen-Volkes nicht zum Größenwahn zu stilisieren?

Gibt es Schöneres, Liebenswerteres, Heilsameres, als in diesen Kosmos der Ungenauigkeit, der Musikalität, der Süße, der Schlampigkeit, der Genialität einzutauchen, der Österreich heißt?
Muß man immerzu Kritik üben an dem Wesen Österreichs, das so offensichtlich den anderen etwas bedeutet – wieviel, das wissen wir gar nicht?
Kaum fällt der Name Österreich im Ausland, huscht ein Lächeln über die Gesichter der Gesprächspartner, als erwarteten sie, daß das Leben etwas von seiner Schwere verlieren müsse ... Ist es nicht schön, bewundert und geliebt zu werden?

Langsam drängt man sich auf dem fremden Flughafen durch die Zollkontrolle, umständlich verstaut man sein Gepäck, schließt den Sitzgurt und hört nach Tagen oder Wochen voller unverbindlicher Internationalität über das Bordradio den ersten Wiener Walzer ... Das ist Liebe, Liebe zu dem Ort, an dem man geboren wurde.
Was will man mehr?
Daß es so bleibt. Das will ich. Daß diese unerschöpfliche Phantasiekraft, die man von diesem Land erhält, nicht langsam verschwindet und sich in ihr Gegenteil verkehrt.
Wenn man in der Luft ist und die Seele vorausschickt in die Heimat, wird einem auch bewußt, wie klein und zerbrechlich diese Nation ist. Wie wenige wir sind. Nur sieben Millionen Menschen, die sich Österreicher nennen, und um diese sieben Millionen wird mir manchmal angst und bange. Einfach, weil sie ein so leicht zu übersehender Bruchteil sind in dieser Geldwelt, in der nur die Kaufkraft zählt und das Durchsetzungsvermögen an den Börsen von New York bis Tokio. Wie sollen denn diese paar Menschen ein Gegengewicht entwickeln, und vor allem, womit?
Das kann einem Sorgen machen um dieses eigenartige Land, dessen wirkliche Größe eigentlich immer im Verstehen des Andersartigen lag: Das Verstehen der fremden Sprachen, der fremden Sitten, Gerüche, Farben,

Speisen, Töne und Bräuche war doch zur Zeit der Monarchie das Öl, das den Motor des Vielvölkerstaates am Laufen gehalten hat. Das, was dem Ausländer, speziell dem deutschen Ausländer, manchmal so unheimlich ist am österreichischen Wesen, dieses Biegsame, wachsweich sich Anpassende, genau das war doch das Bindeglied zwischen zwei so verschiedenen Völkern, wie es die Österreicher und die Ungarn nun einmal sind. Das eine aus keltisch-germanisch-romanischen Wurzeln, ein Urvolk dieses Kontinents, das andere nicht einmal in kleinsten Wörtern europäisch, von asiatischen Nomaden abstammend. Und diese beiden Völker haben es über Jahrhunderte zustande gebracht, ein Staatsgebilde am Leben und am Blühen zu halten. Diese Kulturleistung vollbringt man nicht mit einseitigen diktatorischen Maßnahmen; man muß sich in Verständnis üben für das ganz Andere, für das Fremde, und das funktioniert nur mit einer extra für diese Ausnahmesituation entwickelten Freundlichkeit, mit Verstehenkönnen - und manchmal auch mit der diplomatischen Notlüge, man habe den anderen schon längst verstanden, obwohl man leider keine Ahnung hat, was er meint oder will.
Das ist keine Charakterlosigkeit, wie Übelwollende es manchmal nennen; auch keine Rückgratlosigkeit. Es ist ein Entgegenkommenwollen, ein Konfliktvermeiden, dann, wenn anhaltendes Nichtverstehen Aggressionen hervorrufen würde. An jenem Punkt, an dem mancher ungeduldig und eindimensional wird, lächelt der Österreicher, findet einen verbindlichen Ton, ermöglicht seinem Gegenüber, das Gesicht zu wahren – und fördert auf diese Weise Handel und Wandel und vor allem: Frieden. Auch in der Geschichte begannen die österreichischen Kriege ja immer am Höhepunkt einer Staatsorganisation, die dem Wesen Österreichs und dem Wesen des Bürgers und seiner Konfliktscheu fremd waren. Darum wird mir manchmal angst und bang: daß wir diese Konfliktscheu, dieses Harmoniestreben verlieren könnten. Daß wir die brutalen Markteroberungsstrategien zu verinnerlichen beginnen, die rings um uns

herrschen. Warum drängen denn die heilungsbedürftigen Fremden in unser Land? Um sich von ebensolchen Strategien zu erholen. Also wäre es klug von uns, daran zu arbeiten, diesen unseren so anziehenden Wesenszug nicht auf dem Altar des schnellen Geldes zu opfern. Verbinden, verbindlich sein, das ist es, was andere von uns lernen könnten. Die hohe Schule des Gesprächs, das dem Gegenüber eine Chance läßt, durchzuatmen, und das nicht sofort „Nägel mit Köpfen“ als Ergebnis haben möchte. Man fällt ins diesem Land nicht mit der Türe ins Haus, wenn man möchte, daß einem auch noch in Zukunft die Türen offenstehen.
Das alles sind Errungenschaften, die im heutigen Europa, das ja so gerne grenzenlos wäre, Vorbildfunktion haben könnten - wenn der Österreicher nur ein wenig mehr Selbstbewußtsein in seine Genetik eingebaut hätte. Warum eigentlich? Warum mangelt es ihm an dieser selbstherrlich-plumpen Art, mit der zum Beispiel Texaner in ein Kaffeehaus treten? Wenn sie wenigstens „treten“ würden! Nein, sie explodieren in ein Restaurant, raumfüllend, laut, derb, die Sporen gewissermaßen in alles Fremde schlagend, so wie ihre Vorväter die Mustangs gezähmt und die Indianer ausgerottet haben. Breitspurig und unbefangen gelingt es dem Durchschnittstexaner, ein ganz normales Kaffeehaus in eine Rodeoarena zu verwandeln, ohne sich auch nur eine Sekunde Gedanken zu machen über die Rituale der Dezenz und Höflichkeit, die vielleicht in diesem für ihn fremden Land herrschen. Da sitzen sie dann, kurzärmelig, stiernackig und schwitzend, und bestellen im breitesten Dialekt ihrer Heimatsprache Milkshake. Niemals würde ihnen einfallen, daß sie vielleicht in einem Land sind, wo man eine andere Sprache spricht als die ihre. Da sitzen sie in Erobererpose, und würden am liebsten ihren letzten Kaugummi an die Eingeborenen verteilen und ein hübsches Mädchen mit ein paar Nylons zu einem Rendez-vous überreden ... Klischee, Klischee – alles klar, aber es trifft in den meisten Fällen den Kern. Aber ein Österreicher? Ein Österreicher in Cincinnati?

Wie wäre das? Oder in Lyon oder Bristol? Anders wäre es, ganz anders. Am liebsten hätte der Österreicher Laurins Tarnkappe, um nur ja nicht bemerkt zu werden, ja nicht ertappt zu werden als Nichteinheimischer. Mühsam versucht er, dem anderen Kulturkreis entgegenzukommen, sich anzupassen an die Rituale der fremden Stämme, fast rührend bemüht, nicht „befremdlich" durch das Fremde zu tappen. Dieses Sich-Anpassen, dieses Unterschiede-Vertuschen geht sogar so weit, daß der österreichische Ober im grenznahen Gebiet zu Deutschland „Sahne" sagt und „Brötchen" und „Klöße" anstatt „Schlagobers", „Semmel" und „Knödel". Selbst im eigenen Land tut der Österreicher so, als gäbe es ihn nicht, nur um dem Ausländer aus dem Westen, dem Devisenbringer also, nicht das Gefühl zu geben, er sei nicht daheim.
Vielleicht ist dieses Wort der Schlüssel: „daheim". Der Österreicher fühlt unausgesprochen, daß es der wichtigste emotionale Wert im Leben eines Menschen ist: „daheim" zu sein. Das ist es doch, wonach sich jeder in erster Linie sehnt. Der Weise ist natürlich in seinem eigenen Herzen daheim, in dem er sich selbst und dadurch Gott – also wiederum das Selbst – erkennt und hütet. Dem Weisen ist es einerlei, ob er „Quarktörtchen" oder „Topfengolatschen" bestellt, Hauptsache, er bekommt etwas Süßes. Aber dem Touristen ist es heimeliger, die vertrauten Worte aus der „Lindenstraße" verwenden zu dürfen, selbst wenn er einen Grenzübertritt hinter sich hat und eigentlich seinen Respekt vor den für ihn fremden Bräuchen zeigen müßte. Aber nein, der Österreicher ist kein Franzose, der sich einfach taub stellt, wenn man ihn nicht in perfektestem Französisch um ein „Soufflé" bittet. Eigentlich ist es doch der Ausdruck tiefster Provinzialität, wenn man in blinder Selbstüberschätzung meint, jedermann müsse die eigenen Spielregeln kennen, mehr noch, diese Spielregeln seien es, die der Rest der Welt zu befolgen habe.
Peinlich, unerzogen, rücksichtslos und anmaßend ist sie doch, diese Egozentrik. Der Österreicher hingegen hat

eine Art der Herzensbildung, die ihn sich für solch rüpelhaftes Benehmen schämen ließe. Unausgesprochen geniert er sich für die Taktlosigkeiten, die den anderen unterlaufen, und er tut so, als würde er sie übersehen. Ist es also nicht ein Zeichen von wahrer Würde und Herzensgröße, das, was im ersten Moment als mangelndes Selbstbewußtsein interpretiert werden könnte? Offenbar. Offenbar geht das Verständnis für den unkultivierten Größenwahn der anderen so weit, daß es dem Österreicher egal sein kann, ob er jetzt „Butterbrot" oder „Stulle" sagt – weil man ihm ja seine Heimat, seine Verwurzelung ohnehin nicht nehmen kann. Weil es ja so ist, daß die anderen zu *uns* drängen, um an *unserer* Atmosphäre zu nippen – und nicht umgekehrt. Zu uns kommen sie ja, um ein verbindliches Lächeln zu ernten, wenn sie sich wieder mal wie die Sau im Wald aufgeführt haben. Zu uns zieht es ihre übermüdeten Körper und Gehirne, wenn sie ausspannen wollen vom dauernden „On-the-top"-Sein. Sollen sie doch ruhig glauben, es wäre Egoschwäche und Standpunktlosigkeit, wenn wir ihnen gütig entgegenkommen und ihnen einen herrlichen Wiener Eiskaffee servieren, obwohl sie einen „Milkshake" verlangt haben. Wir haben die Geschichte des Humanismus auf unserer Seite. Der Verlust der einstigen Weltmachtposition hat uns ganz andere, tiefere Werte beschert. Ich vermute, daß der Altösterreicher, als er noch Bürger einer Weltmacht war, ähnlich herrisch aufgetreten ist wie die Bürger der neuen Großmächte. Aber ich weiß, daß der Verlust von Prestige und Macht mit dem Gewinn von Bescheidenheit, Demut und Verständnis für den Nächsten verbunden war. In Wirklichkeit also beginnt der Prozeß der wahren Reife für ein Volk erst dann, wenn es Glanz und Glorie eingebüßt hat. Erst wenn die Welterobererfahnen eingerollt sind, kann das beginnen, was man mehrendes Wachstum nennt. Nur der Verlust von Einfluß und Macht und des damit verbundenen Aberglaubens, man habe Einfluß auf das Schicksal, öffnet die Türen in menschliche Herzen, hinter denen andere Welten warten, entdeckt zu werden:

die Welt der Geduld, die Welt der Toleranz, das Verständnis für die Schwäche in jedem von uns. Dem Starken und Mächtigen liegt die Verführung zum Besserwissen so nahe; demjenigen aber, der Einsicht in das Vergängliche genommen hat, dem öffnet sich die Schatzkammer der Toleranz. Zu wissen, daß wir eines Tages sterben werden: Dieses Wissen, das auf eigentümliche Weise das Wesen des Österreichers durchdringt, fördert im besten Sinne Verständnis und Güte und das Nicht-ernst-Nehmen von Wichtigtuern.
Natürlich ist die Perversion dieses Gedankens die österreichische Larmoyanz, das Faulsein, der Aberglaube, es hätte ohnehin keinen Sinn, sich für irgend etwas anzustrengen. Wir wissen, daß es diese Auswüchse gibt – aber das hier ist eine Liebeserklärung. Liebe hat nicht den Sinn, rosarote Brillen aufzusetzen und die Wahrheit nicht mehr zu erkennen, aber sie hat den Sinn, verborgene oder nicht genügend erkannte Wahrheiten so sehr zu vergrößern bis sie stärker sind als die grauen Schleier der Alltäglichkeit. Nur einem Zyniker könnte es in den Sinn kommen, liebende Worte, liebende Betrachtungen als Übertreibung abzutun. So wie ein liebender Mensch das, was er am anderen liebt, fördern möchte, indem er es anspricht, so sollten wir selbst das an uns lieben, weswegen uns die Welt liebt – und das tut sie, allen Irritationen zum Trotz, welche unsere Bescheidenheit immer wieder hervorholt. Wir sind ein von der Welt geliebtes Land und geliebtes Volk, und das muß man auch erst einmal ertragen. Die Wucht der Erwartung, die auf Österreich liegt, ist keine geringe.
Alle wissen im letzten Winkel ihres Herzens, daß ihre Kulturleistungen austauschbar sind. Sogar auf den Mars zu fliegen hat nur kurzzeitigen Unterhaltungswert. Herzenswärme aber, Liebesfähigkeit, die Fähigkeit, im Nächsten Gefühle der Freundschaft, der Geborgenheit, der Wärme zu entfalten – das sind ganz andere Dimensionen. Sie haben etwas mit der Sehnsucht des Menschen nach Heimat zu tun, mit der Sehnsucht, verstanden und akzeptiert zu werden, so wie man ist – selbst

wenn man einen Cowboyhut trägt und mit der Peitsche knallt. Irgendwo wird es Menschen geben, die all das verstehen, verzeihen, gutheißen, vielleicht ein wenig belächeln, aber voll Ironie und nicht voll Zynismus. Und diese offene, wärmende Ausstrahlung findet die Welt in Österreich, und darum liebt die Welt dieses Land.

Wir mit unseren springenden Pferden, mit unseren singenden Knaben und den Musikanten, die, wo immer sie auftauchen, die Herzen zum Schmelzen bringen! Fünfzig Jahre lang sind wir nun wieder – oder besser gesagt: zum ersten Mal – ein freies Volk, frei von Enge, Diktatur und Grausamkeit. Wir haben den Irrsinn überlebt, ohne daran zerbrochen zu sein. Mit der Hilfe der Welt sind wir wieder auf die Beine gekommen und stehen jetzt in der Mitte Europas da und dürfen staunen und dankbar sein. Dankbar, daß es uns so gut geht wie kaum jemand anderem auf diesem Planeten. Das ist eine große Herausforderung und große Prüfung. Ich nehme an, wir können sie meistern. Mit einem Lächeln, mit Ironie – und mit einer Leichtigkeit, die fliegen läßt.

*„Die Belagerung von Ptolemais (St. Jean d'Acre) war in Betracht der äußersten Hitze des Angriffes und der verzweifelten Hartnäckigkeit der Gegenwehr,**

*aus: „Geschichte des Österreichischen Kaiserstaates nach Quellen und den besten vaterländischen Hilfswerken. Zunächst zum Gebrauche bei seinen Vorlesungen dargestellt von Leopold Haßler Doktor der Philosophie, ord. Professor der Geschichte an der Universität zu Grätz"
Wien, 1842*

BANK X
BANK

der Mittel, welche von beiden Seiten Muth und Erfindungsgeist ins Spiel zogen, eine der denkwürdigsten.

Herrlich leuchtete Leopolds Heldenruhm, und fachte König Richards Eifersucht an.

Endlich erfolgte über die hier und da schon im Schutte liegenden Mauern der allgemeine Sturm;

furchtbar mähte unter den Ungläubigen das Schwert der Christen,

und die Stadt ward erobert (24. Juli 1191).

Herzog Leopold, der mit seiner Heldenschar zuerst die Mauern erstiegen,

ließ sein Panier hoch von den gebrochenen
Zinnen wehen;

sein weißer Wapenrock war ganz vom Blute des Feindes gefärbt, dem traurigen Purpur des Krieges,

bis auf den Streifen, den quer um seine Hüfte das Wehrgehäng bedeckte.

Dieß war der romantische Anlaß der österreichischen Farben im neuern Wapenschilde,

des weißen Querstreifens im rothen Felde.

König Richard, aufgeregt, daß unter den Helden des blutigen Tages

sein gefeierter Name einen glücklicheren Nebenbuhler gefunden,

suchte Anlaß zum Streite, und fand ihn.

Vorsicht !
Wachsamer
Hund

10^{00}-19^{00}Uhr
8^{30}-12^{00}Uhr

Die Beute sollte ausschließlich den Seinigen gehören, ihnen allein die von der allgemeinen Verwüstung noch übrigen Quartiere.

Die österreichische Fahne ward von den Britten abgerissen und beleidiget.

Um Fehde zwischen Christen zu vermeiden, die,
mit dem Marterzeichen des göttlichen Mittlers
geschmückt,

wider die Ungläubigen in den heiligen Kampf getreten waren,

ertrug Herzog Leopold die schwere Unbill

und zog mit den Seinen, von Richards zuchtlosen Scharen verfolgt, vor die Stadt hinaus in das Lager.“

GABRIEL BARYLLI, geboren 1957 in Wien, absolvierte die Schauspiel- sowie auch die Regieklasse am Wiener Reinhardtseminar. Neben Engagements am Wiener Burgtheater, am Schillertheater in Berlin und bei den Salzburger Festspielen drehte er (u. a. mit Axel Corti) als Hauptdarsteller Filme wie „Der Schüler Gerber" oder „Welcome to Vienna". Publikationen von Theaterstücken und Romanen, die er z. T. aus seinen Dramen generiert: „Honigmond", „Butterbrot" (beide auch als Roman), „Abendwind". Mit dem Theaterstück „Butterbrot" ist Barylli heute der meistgespielte Autor im deutschen Sprachraum. Gabriel Barylli lebt in Wien und München.

GERALD GROSSE, geboren 1942 in Dresden, 1966-1971 Photographiestudium an der Hochschule für Graphik und Buchkunst in Leipzig, seit 1972 freischaffender Photograph. Mehrere Publikationen von Bildbänden, u. a. über Wien, den Harz und Sachsen-Anhalt. Gerald Große lebt in Halle und Wien.